AF503360

JULIET, dans l'Amour filial, *ou la Jambe de bois.*

*A Paris, chez Huet, rue S.t Honoré vis-à-vis les Jacobins; N.o 70.*

# L'AMOUR FILIAL,

## OPERA EN UN ACTE.

Par C. A. DEMOUSTIER.

MUSIQUE DE P. GAVAUX.

> La tendre fille est toujours bonne mere.
> Le tendre fils est toujours bon époux.

A PARIS,

Chez HUET, Libraire, Marchand de Musique & d'Estampes, rue Saint-Honoré, vis-à-vis les Jacobins, N.° 70, & au Théâtre de la rue Feydeau;

Et chez les Citoyens DENNÉ & CHARON, Passage de la rue Feydeau.

L'an Second de la République.

| PERSONNAGES. | ACTEURS. |
|---|---|
| ARMAND, vieux Guerrier, Pere de Félix. | VALIERE. |
| GERMON, vieux Guerrier, Pere de Louise. | JULIET. |
| FÉLIX. | GAVAUX. |
| LOUISE. | La Cne. SCIO. |

La Scène en Suisse, près de Nefeld.

## AVERTISSEMENT.

Au moment où l'on imprime cet Ouvrage, il est à sa cent quatrième Représentation. Il doit ce succès aux grâces naïves de la Musique et au jeu naturel des Acteurs. Je me fais un plaisir de rendre publiquement cette justice à leur zèle et à leurs talens.

# L'AMOUR FILIAL,

*Le Théâtre représente, dans le lointain, les montagnes de la Suisse; plus près, des montagnes moins élevées. A droite, une petite cabanne dont on voit l'intérieur; au milieu du Théâtre, un arbre qui ombrage un banc et une table de gazon.*

---

## SCENE PREMIERE.

ARMAND, *endormi ſous l'arbre.* FELIX.

FÉLIX.

IL dort encore. Que ſon ſommeil eſt paiſible! Mon pere, tu ſouris! Peut-être tu ſonges à moi; ou plutôt tu médites quelque bonne action: ainſi l'honnête-homme jouit, même en ſonge, & du bien qu'il a fait, & du

*Il l'observe de plus près.*

bien qu'il veut faire. Comme la joie anime ſon front ſerein! comme le zéphir careſſe ſes cheveux blancs! je vais les couronner de fleurs. En s'éveillant, il les ſentira ſur ſon front; je ſourirai, il s'attendrira, & nous nous embraſſerons.

*Il chante en cueillant des fleurs et formant une couronne.*

N.° 1.

JEUNES amans, cueillez des fleurs
Pour le sein de votre Bergere.
L'Amour, par de tendres faveurs,
Vous en promet le doux salaire.
Plein d'un espoir encore plus doux,
Dès que le Soleil nous éclaire,
Je cueille des fleurs, comme vous,
Pour parer le front de mon pere.

*Il le couronne.*

2.

VOTRE main, au bord des ruisseaux,
Prépare des lits de fougere;
Vous arrondissez des berceaux
Pour servir d'asyle au mystere.
Comme vous, de ces arbrisseaux
Je courbe la tige légere,

*( Il forme un berceau sur la tête du vieillard. )*

Et de leurs flexibles rameaux
J'ombrage le front de mon pere.

3.

EN accourant à son réveil,
Vous tremblez : que va-t-elle dire?
En sortant des bras du sommeil,
Mon pere, tu vas me sourire.

*( Armand se réveille, apperçoit son fils & lui tend les bras. )*

Vous lui ravissez quelquefois
Un baiser qu'ignore sa mere.
Moi, chaque matin, je reçois
Le premier baiser de mon pere.

*( Il l'embrasse. )*

ARMAND.

Bon jour, mon cher Félix, bon jour. Ce cher enfant! toujours gai, toujous espiègle ....

*Il se débarrasse des fleurs.*

toujours bon fils!

*En voyant la couronne.*

FÉLIX.

Toujours tendre pere! ... Mais comme vous êtes frais & vermeil!

ARMAND.

Que veux-tu, mon ami: je suis vieux & pauvre, mais je suis heureux. C'est ici, près de Néfeld, que j'ai combattu il y a aujourd'hui trente-sept ans. C'est-là que, couvert de blessures dont je porte les cicatrices, je fus laissé pour mort; c'est au bord de ce ruisseau qu'un jeune soldat me secourut & périt peut-être victime de son humanité: un parti ennemi vint l'attaquer; il m'avait sauvé la vie; je ne pus défendre la sienne. Les ennemis le poursuivirent loin de moi ... s'il a succombé, je me reproche sa mort; s'il vit encore, ma reconnaissance ne sait où le trouver: voilà mon unique chagrin. Du reste, je vis content. Tu es venu fonder notre cabanne sur le champ de bataille. J'y suis libre & j'espere y vieillir encore.

Mon ami, rien ne fortifie tant un vieux guerrier que l'air de la gloire & de la Liberté.

FÉLIX.

Ah ! mon pere, puissiez-vous le respirer long-tems ! votre bonheur sera le mien.

ARMAND.

Mon cher Félix, je connais ta tendresse pour ton pere ; tu connais la sienne pour toi. Aimer son pere, en être aimé, c'est un grand bonheur sans doute ; mais à ton âge, mon ami, ce bonheur-là ne suffit pas.

FÉLIX.

Mon Pere, vous avez nourri mon enfance, élevé ma jeunesse, formé mon cœur, éclairé mon esprit. Je jouis des beautés de la Nature que vous m'avez fait connaître, du charme des vertus que vous m'avez inspirées ; le brave, le vertueux Armand est mon pere, mon frere, mon ami ; que peut-il manquer à mon bonheur ?

ARMAND.

Une épouse.

FÉLIX, *tendrement.*

Vous croyez ?

ARMAND.

UNE femme est une amie
Dont l'esprit, dont la douceur,
Dont le commerce enchanteur
Font le charme de la vie.

FÉLIX.

UN bon pere est un ami
Qui nous guide & nous éclaire.
Ah! quel ami, sur la terre,
Peut-on chérir, comme lui!

ARMAND.

SI l'amitié suffit à la vieillesse,
A la jeunesse il faut un peu d'amour.

FÉLIX.

O mon ami! payez-moi de retour:
Votre amitié suffit à ma jeunesse.

ARMAND.

TU m'aimes. Si le ciel t'accorde des enfans,
Leurs sentimens seront les mêmes.
Ils t'aimeront...

FÉLIX, *ému.*

Ils m'aimeront...

ARMAND, *vivement.*

Comme tu m'aimes.
*Tendrement.*
Et leur mere:

FÉLIX, *plus ému.*

Eh bien? ... leur, mere ...

ARMAND, *avec feu.*

Peins-toi son amour vertueux:
Son bonheur sera de te plaire;
Ton devoir sera d'être heureux.

*Félix se trouble.*

Qu'en penses-tu? ....

FÉLIX, *attendri.*

*Après un silence.*

.... Hélas! mon pere,
Je crois que l'amour le plus doux

*Ensemble.*
Est celui que je sens pour vous.

ARMAND, *le serrant dans ses bras.*

Mon fils, que cet aveu m'est doux!

FÉLIX.

Mais il est déjà grand jour. Je vais cueillir des fruits pour notre premier repas. Ce dôme de verdure sera la salle du festin; ce gazon, la table; & vous, mon pere, la compagnie. Je ne réponds pas que le repas soit magnifique, mais je réponds bien de l'amitié des convives.

## SCENE II.

ARMAND, *seul.*

*Il étend sur la table une natte de jonc et place quelques corbeilles.*

Ce cher enfant, comme il m'aime! Je plains bien ceux qui ne connaissent point ce bonheur-là!

*Air.*

Que je suis heureux d'être pere!
Mon fils est mon consolateur.
Jusques à mon heure dernière
Mon cher fils fera mon bonheur;
Sa main fermera ma paupière.
Que je suis heureux d'être pere!

Précieuse félicité,
Doux plaisir de se voir renaître,
Tout charme secret me pénètre
D'une céleste volupté!

Que je suis heureux d'être pere! &c...

Mais qu'apperçois-je là-bas?... une femme! Est-elle jolie?... elle approche... je vais savoir à quoi m'en tenir.

## SCENE III.

LOUISE, ARMAND.

*DUO.*

LOUISE, *arrivant précipitamment.*

Ah ! bon vieillard,
Ah ! prenez part
A ma douleur ! ...

ARMAND, *à part.*

Qu'elle est gentille !

LOUISE.

Par amitié,
Prenez pitié
Du chagrin d'une pauvre fille.

ARMAND.

Parlez, parlez, ma pauvre fille.

LOUISE.

Avez-vous vu passer un voyageur ?

ARMAND.

Qu'il est heureux, ce voyageur

LOUISE, *avec impatience.*

Avez-vous vu passer un voyageur ?

ARMAND.

Vous l'aimez donc ?

LOUISE.

Plus que moi-même.

ARMAND, *riant.*

Ah! c'eſt l'innocence elle-même.

LOUISE.

Ne riez point de ma douleur.
On perd, hélas! tout ſon bonheur
Quand on perd celui que l'on aime.

ARMAND, *gaîment.*

Je ſais qu'on perd tout ſon bonheur,
Quand on perd celui que l'on aime.

ARMAND.

Calmez-vous, mon enfant; je viens de le voir paſſer.

LOUISE.

Comment était-il vêtu?

ARMAND, *embarraſſé.*

Mais... il avait, je crois, un habit... un habit...

LOUISE.

Rouge?

ARMAND.

Préciſément.

LOUISE.

Vous me rendez la vie! De quel côté a-t-il tourné ſes pas?

ARMAND.

Vers cette colline..

LOUISE.

Adieu ; je le ſuis.

ARMAND, *l'arrêtant.*

Vous ne pourrez jamais le rejoindre, car il courait d'un train ! . . .

LOUISE, *triſtement.*

Il courait ? . . . Ce n'eſt pas lui.

ARMAND.

En effet, le moyen de courir quand on s'éloigne de vous !

LOUISE.

Ce n'eſt pas-là la raiſon, mais c'eſt qu'il a une jambe de bois.

ARMAND.

Et vous l'aimez ?

LOUISE.

Il ne m'en eſt que plus cher : c'eſt la ſuite d'une bleſſure honorable qu'il a reçue autrefois.

ARMAND.

Autrefois ? Mais il n'eſt donc pas jeune ?

LOUISE.

Il a ſoixante ans.

ARMAND.

Ce n'eſt donc pas votre amant ?

LOUISE, *baiſſant les yeux.*

Courrais-je après lui? & ne devinez-vous pas que c'eſt mon pere?

ARMAND, *attendri.*

Votre pere? Qu'il eſt heureux! Ah! je connais ce bonheur-là... mais êtes-vous sûre qu'il ſoit dans ces montagnes ?

LOUISE.

S'il n'y eſt pas encore, il ne peut tarder d'arriver.

ARMAND.

Cette pauvre enfant!... vous paraiſſez excédée de fatigue ; repoſez-vous. Votre pere paſſera par ici, car nous ſommes ſur le chemin de la montagne. Entrez dans ma cabanne ; prenez un peu de repos ; je veillerai pour vous.

LOUISE.

J'y conſens, car je ſuccombe de laſſitude ; mais promettez-moi de m'éveiller dès que vous appercevrez mon pere.

ARMAND, *la faisant asseoir dans la cabanne.*

Oui, mon enfant, je vous le promets. Cette cabanne n'est pas brillante ; mais elle renferme deux trésors bien rares.

LOUISE.

Deux trésors ?

ARMAND.

Oui, l'innocence & la vertu.

*Il sort.*

---

## SCENE IV.

ARMAND, *sur la scène* ; LOUISE, *dans la cabanne.*

ARMAND.

Ah ! mon cher Félix, voilà bien l'épouse qui te conviendrait. L'amour filial a commencé ton bonheur ; l'amour conjugal l'acheverait. Deux époux vertueux, unissant leurs vertus, sont doublement heureux.... Allons le chercher.

*Il s'éloigne.*

## SCENE V.

LOUISE, *seule dans la cabanne.*

*TRIO.*

MES yeux se ferment malgré moi....
Mon pere, je suis loin de toi:...
Mais le sommeil me rendra ton image.

*Elle s'endort.*

## SCENE VI.

LOUISE, *endormie dans la cabanne;*
FÉLIX, *portant un panier de fruits & préparant le déjûné.*
ARMAND, *entrant un instant après lui & l'observant.*

FÉLIX.

L'AMITIÉ va, sous cet ombrage,
Présider à notre repas.

ARMAND, *à part, en riant.*

C'est l'Amour qui, sous cet ombrage,
Fera les honneurs du repas.

FÉLIX, *entrant dans la cabanne pour chercher son pere.*

Mon pere... Ciel!...

ARMAND, *à part.*

Il eſt pris.

FÉLIX.

Que d'appas

ARMAND, *le ſurprenant.*

Eh-bien, mon ami, que t'en ſemble?

FÉLIX.

Mais . . .

ARMAND.

Tu rougis?

FÉLIX, *rougiſſant.*

Point dû tout.

ARMAND, *lui prenant la main.*

Ta main tremble.

FÉLIX, *tremblant.*

Non.

ARMAND, *ſouriant.*

Puis-je encor ſuffire à ton bonheur?

FÉLIX, *regardant tour-à-tour ſon Pere & Louiſe.*

Oui ... vous pouvez ſuffire à mon bonheur.

ARMAND.

Vois, que de graces, de candeur?

FÉLIX, *agité.*

Par pitié, ménagez mon cœur;
Vous le déchirez!

ARMAND.

ARMAND.

Je l'éclaire.

LOUISE, *endormie.*

Mon pere !

FÉLIX, *à Armand.*

Elle appelle ſon Pere !

LOUISE, *tendant les bras.*

Mon pere, ne me quittez pas.

FÉLIX, *à Armand.*

A ſon Pere elle tend les bras !

ARMAND, *gaîment.*

C'eſt à toi qu'elle tend les bras.

LOUISE.

Pourquoi me quitter ? je vous aime.

FÉLIX.

Je vous aime !

ARMAND, *à Félix.*

Je vous aime !
Que de douceur dans ce mot-là !

FÉLIX, *mettant la main ſur ſon cœur.*

Ah ! comme ſa voix répond là !

LOUISE, *agitée.*

Il me fuit ! qui me le rendra ?.....

FÉLIX, *s'approchant de Louiſe.*

L'amour vous le ramenera.

LOUISE.

Le croyez-vous ?

FELIX.

Quel trouble extrême !...

*A Armand.*

Elle répond !

LOUISE, *tendant les bras.*

Mon pere, vous voilà!....

*Elle touche Félix, et s'éveille.*

Ah!

*Elle se lève précipitamment.*

FÉLIX.

Rassurez-vous, daignez m'entendre!

LOUISE, *effrayée.*

Non.

FÉLIX.

Ecoutez-moi.

LOUISE, *plus faiblement.*

Non.

ARMAND, *à part, gaîment.*

Elle l'écoutera.

FÉLIX.

Vous regrettez un Pere tendre :
Restez dans cet heureux séjour,
Et je pourrai bien vous le rendre.

*Il montre son pere.*

LOUISE.

Oui, je regrette [illegible] pere tendre,
ayerai du plus tendre amour
Celui qui pourra me le rendre.

ARMAND, *à part.*

Leurs cœurs commencent à s'entendre.
A leur âge, en parlant d'amour,
Il est aisé de s'y méprendre.

LOUISE.

Généreux étrangers, je ne vous connais que depuis un instant ; & j'aurais déjà peine à vous quitter, si ce n'était pour chercher mon pere.

ARMAND, *la retenant.*

Mais avant de partir, déjeûnons sous cet ombrage. L'amitié sera du repas.

FÉLIX.

L'amour sera du repas.

LOUISE, *s'asseyant.*

L'amitié sera du repas.

FÉLIX, *présentant une corbeille.*

Voici les plus beaux fruits de notre verger.

ARMAND, *présentant.*

Voici...... (*Louise hésite.*)

FÉLIX.

Choisissez ceux de mon pere.

LOUISE.

Je choisis l'un & l'autre.

*Elle prend dans la corbeille d'Armand, puis dans celle de Félix, qui lui baise la main.*

ARMAND.

*gaîment à part.* *haut à Louise.*

Ceci ne va pas trop mal. Peut-on s'informer du sujet qui vous a conduite & égarée dans nos montagnes ?

LOUISE.

C'est un pélerinage que mon pere projetait depuis long-tems.

ARMAND, *gaîment.*

Le bonhomme est donc un peu dévot ?

LOUISE.

Le brave Germon est pieux sans doute ; mais il a peut-être moins de dévotion que de courage, & son pélerinage était voué à la Gloire.

ARMAND.

A la Gloire ! le brave homme !

FÉLIX, *à Louise.*

Ainsi c'est la Gloire qui chez nous a conduit l'Amour.

LOUISE.

Dites, la Reconnaiſſance & l'Amitié.

ARMAND, *à part.*

Complimens d'un côté, embarras de l'autre.... Je crois que je ſuis de trop ici. (*Il se lève.*) Ma chere enfant, vous allez pourſuivre votre route : le vin eſt le lait des voyageurs ; je vais vous chercher une bouteille qui..!......

LOUISE.

Je ne bois jamais de vin.

ARMAND.

Une petite pointe fortifie le cœur, & le vôtre en a, je crois, beſoin dans ce moment.

LOUISE, *troublée.*

Point du tout.

ARMAND.

D'ailleurs c'eſt mon fils qui vous le verſera, & vous pouvez compter ſur ſa diſcrétion.

LOUISE.

Sur ſa diſcrétion ?

FÉLIX, *tendrement.*

En douteriez-vous ?

LOUISE, *à Armand.*

Allons, je m'en rapporte à lui.... ou plutôt à vous.

ARMAND, *à part.*

Je crois que je ne ferai pas mal d'être un peu long-tems à trouver cette bouteille. *Haut.* Adieu, mes enfans.

---

## SCENE VII.

LOUISE, FÉLIX.

LOUISE.

COMME il vous aime, votre pere!

FÉLIX.

Et comme il eſt payé de retour!

LOUISE.

J'en peux dire autant du mien..... (*triſtement.*) Et votre mere?....

FÉLIX, *attendri.*

Et la vôtre?

LOUISE.

Hélas!

FÉLIX.

Je vous entends.

LOUISE, *pleurant.*

Les malheureux ſe devinent....

FÉLIX.

Et s'aiment.....

LOUISE, *pleurant.*

Ah ! pardonnez-moi les pleurs que je vous fais répandre. Perſonne moins que moi ne voudrait vous cauſer du chagrin.

FÉLIX.

Ces larmes-là ſont douces, & ſur-tout quand elles ſont partagées.

LOUISE.

Vous me le faites éprouver.

*DUO.*

FÉLIX & LOUISE.

Ma mere au printems de ſa vie

FÉLIX.

Mourut.

LOUISE.

Mourut

*Enſemble.*

En me donnant le jour.

*Chacun à part.*

Ah ! quelle étrange ſympathie !
Même malheur & même amour.

FÉLIX.

Mon pere, en regrettant une épouse fidelle,
Hérita de l'amour que j'aurais eu pour elle.
Ce sentiment, jusqu'à ce jour,
A fait le bonheur de ma vie.

LOUISE, *à part.*

Ah ! quelle douce sympathie !
Même bonheur & même amour.

*Haut.*

Mais peut-être bientôt la vieillesse ennemie
Va d'un pere chéri me priver sans retour :
Ah ! cette crainte empoisonne ma vie.

FÉLIX, *à part.*

Ah ! quelle tendre sympathie !
Mêmes craintes & même amour.

*Ensemble.*

Grand Dieu ! si je perdois mon pere,

LOUISE.

Je serais seule sur la terre.

FÉLIX.

Je languirais seul la terre.
Encor, si j'avais une sœur !

LOUISE.

Encore, si j'avois un frere !

FÉLIX.

Elle partagerait le poids de ma douleur.

LOUISE.

Il me soulagerait du poids de ma douleur.

FÉLIX.

Ah ! que n'êtes-vous ma sœur !

LOUISE.

Ah ! que n'êtes-vous mon frere !

*Ensemble.*

Oui, si vous perdez votre pere.

LOUISE.

Louise sera votre sœur.

FÉLIX.

Félix sera votre frere.

LOUISE.

Je me sens déjà votre sœur.

FÉLIX.

Je me sens déjà votre frere.
Ma tendre sœur !

LOUISE.

Mon tendre frere !

---

## SCÈNE VIII.

LOUISE, FÉLIX, *à table.*

ARMAND, *une bouteille à la main.*

ARMAND, *à part, les voyant prêts à s'embrasser.*

À MERVEILLE ! avertissons-les charitablement.

*Il tousse, & crie de loin :*

Heum ! Heum ! Patience ! voilà que j'arrive.

*à Louise, gaîment.*

Pardonnez-moi, Mademoisselle de m'être fait attendre.

LOUISE.

Attendre ? au contraire.

ARMAND.

C'est que cette bouteille était si bien cachée, qu'il m'a fallu remuer près d'un cent de fagots pour la déterrer ; & cette besogne m'a tenu plus d'un gros quart-d'heure.

FÉLIX, *à Louise.*

Un quart-d'heure ! auriez-vous cru cela ?

LOUISE.

Pas plus que vous.

ARMAND, *débouchant la bouteille.*

Je ne sais, Mademoiselle, si vous aurez été contente de ce jeune homme.

LOUISE.

Assurément.

ARMAND.

C'est que, pour faire sa cour aux Dames, il n'a pas encore un certain jargon.

LOUISE.

Ah ! tant mieux !

ARMAND.

Il a l'eſprit & le cœur tout neufs.

LOUISE.

C'eſt un défaut malheureuſement bien rare.

ARMAND.

Et puis il n'eſt pas naturellement jovial.

FÉLIX.

Eh ! mon Pere .....

ARMAND, *regardant les yeux de Louiſe.*

Tenez, je gage qu'il ne vous a pas fait rire.

LOUISE, *troublée.*

La confiance vaut mieux que la gaîté.

ARMAND.

Eh-bien ! moi, à ſon âge, j'aurois fait rire les treize-Cantons.

*Remettant la bouteille à Félix, qui ſert.*

Ceci me rappelle encore ma bonne humeur.

*Ils boivent.*

Allons, mes enfans, je bois à votre bon voyage.

LOUISE, *vivement.*

N'en ferez-vous pas ?

ARMAND.

Tenez, ma belle enfant, quoique je n'aie pas une jambe de bois, moi, je sens bien que je n'ai plus mes jambes de quinze ans. Ma cabanne est sur le chemin de la montagne; je ferai mieux, je crois, d'attendre ici votre Pere, tandis que vous irez le chercher là-haut avec mon fils.

LOUISE.

Mais, seule avec un jeune homme?....

ARMAND.

Oh! je vous réponds de sa circonspection; je suis sa caution auprès de vous. Il est digne de votre confiance, & je crois même que vous ne la lui avez pas tout-à-fait refusée.

LOUISE, *hésitant.*

Mais....

ARMAND, *l'interrompant.*

*TRIO.*

ARMAND.

ALLONS, donnez-lui le bras,
Pour vous remettre en voyage.

FÉLIX.

Allons, donnez-moi le bras,
Pour vous remettre en voyage.

LOUISE.

Allons, donnez-moi le bras,
Pour me remettre en voyage.

ARMAND.

L'Amitié conduira vos pas.

LOUISE.

L'Amitié conduira nos pas.

FÉLIX, *à part.*

Amour, daigne guider nos pas.

*Ensemble.*

Allons, donnez-lui/moi le bras,
L'Amitié conduira vos/nos pas.

ARMAND, *à Louise.*

Si vous ne rencontrez pas
Votre pere dans le voyage,
Que vers mon petit hermitage
L'Amitié ramène vos pas.

LOUISE.

Vers votre petit hermitage
L'Amitié conduira mes pas.

*Ensemble.*

Allons, donnez lui/moi le bras,
Pour vous/me remettre en voyage.
Allons, donnez-lui/moi le bras;
L'Amitié conduira vos/nos pas.

*Ils s'éloignent; Armand les rappelle.*

ARMAND, *à part à Félix.*

Sur-tout, mon fils, ſoyez bien ſage.

FÉLIX.

Près de la vertu l'on eſt ſage.

ARMAND.

Ne vous fatiguez pas; adieu.
De tems en tems, à l'abri du feuillage,
ſur le gazon repoſez-vous un peu.

LOUISE, FÉLIX.

De tems en tems, à l'abri du feuillage,
Nous nous repoſerons un peu.

ARMAND, *à part.*

Sur-tout, mon fils, ſoyez bien ſage.

FÉLIX.

Près de la vertu l'on eſt ſage.

*Tous trois.*

Allons, donnez-lui/moi le bras,
Pour vous/me remettre en voyage;
Allons, donnez-lui/moi le bras,
L'amitié conduira nos pas.

*Tandis que les enfans s'éloignent, & qu'Armand rentre dans ſa cabanne, Germon arrive au pied de la montagne.*

## SCENE IX.

GERMON, *ſeul, ayant une jambe de bois, & s'appuyant ſur un bâton.*

TOUT accablé que je ſuis de fatigue & d'inquiétude, je me ſens ranimer à l'aſpect de ces lieux. C'eſt ici que j'ai remporté ma première victoire ; c'eſt ici que, par une bonne action, j'ai acquis le premier de tous les biens, l'eſtime de ſoi-même. On peut être indigent, mais jamais pauvre avec ce bien-là... Mais il en eſt un autre que mon cœur regrette : Louiſe, ma chere Louiſe !... C'eſt ma faute auſſi !... j'ai voulu parcourir ſeul ces montagnes, j'ai voulu faire le jeune homme, & j'ai perdu le ſoutien de ma vieilleſſe.... Elle ſouffrira peut-être de fatigue & de beſoin, tandis que moi-même, affaibli par l'âge & la faim.... Repoſons-nous.

*Il s'aſſied ſous l'arbre, & voit le repas ſervi.*

Mais que vois-je ? un repas préparé !... ainſi le Ciel ne laiſſe jamais une bonne action ſans récompenſe : c'eſt ici que j'ai fait le bien ; c'eſt ici que le bien s'offre à moi.

*Gaîment.*

Ma foi, profitons-en.

*Il mange avidement.*

Voilà des fruits délicieux... Comment donc! & du vin?

*Il boit.*

Mais c'eſt qu'il eſt excellent.

---

## SCENE X.

ARMAND, GERMON.

ARMAND, *à part, ſortant de la cabanne.*

QUE vois-je?

GERMON.

Mais excellent! c'eſt dommage en vérité de boire ſeul ce vin là....

ARMAND, *à part, regardant ſa jambe.*

C'eſt lui!

GERMON.

Et de n'avoir pas un ami pour trinquer avec lui.

ARMAND.

Eh! c'eſt vous! ſoyez le bien-venu; je vous attendais avec impatience.

GERMON, *ſe levant avec ſurpriſe.*

Moi?

ARMAND.

Vous.

GERMON,

GERMON, *gaîment.*

En ce cas, trinquons enſemble.

ARMAND, *s'aſſeyant.*

Volontiers.

GERMON.

Pardon, ſi je me ſuis mis ſeul à table; mais, en vérité, je ne me doutais pas que vous m'attendiez.

ARMAND.

Mon fils eſt allé vous chercher.

GERMON, *triſtement.*

Vous avez un fils? Ah! ne le quittez jamais.

ARMAND.

Je l'aime trop pour le quitter.

GERMON.

Et lui?

ARMAND.

Il me chérit autant que votre fille vous aime.

GERMON.

Que ma fille! .. comment ſavez-vous?

ARMAND.

Elle était ici tout-à-l'heure.

GERMON.

Ciel!

ARMAND.

Vous occupez ſa place.

GERMON.

Et où eſt-elle maintenant ?

ARMAND.

Elle vous cherche avec mon fils.

GERMON, *vivement.*

Avec votre fils !

ARMAND.

Oui, un garçon ſage comme moi, qui ſuis Grenadier depuis quarante ans : il vous la ramenera.

GERMON.

Bientôt ?

ARMAND.

Dans une heure, peut-être.

GERMON, *triſtement.*

Dans une heure !

ARMAND.

Allons, buvez-un coup pour prendre patience.

*Il verse.*

Cela fait couler le tems.

GERMON, *gaîment.*

Oui, le vin & l'amour.

ARMAND.

Quant à l'amour, je crois que c'eſt pour nous l'hiſtoire ancienne.

GERMON.

C'eſt à préſent le tour de nos enfans.

ARMAND.

Eh-bien! mon fils prétend, lui, n'être amoureux que de ſon Pere.

GERMON.

Et ma fille, ne me jure-t-elle pas ſans ceſſe que ſa tendreſſe pour moi ſuffit à ſon bonheur?

*Ensemble.*

Ces chers enfans!

ARMAND.

En honneur, mon fils m'édifie; il vaut mieux que moi, ſans vanité.

GERMON.

Et ma fille donc, ne me fait-elle pas faire des réflexions ſur mes petites fredaines?

ARMAND.

La bonne conduite des enfans n'eſt que trop ſouvent la leçon des Peres.

## COUPLETS.

QUAND j'avois l'âge de mon fils,
A mon Pere j'étais soumis.
J'aimais, j'honorais sa vieillesse;
Mais mon cœur mettait de côté
Un peu d'amour pour la Beauté.
J'ai bien payé tribut à la tendresse .....
Lorsque j'en avais le moyen;
Mais à mon fils je n'en dis rien,
Je n'en dis rien.

GERMON.

Vous faites bien.

GERMON.

Moi, voici mon raisonnement :
Puisqu'on doit chérir tendrement
Ceux à qui l'on doit la lumiere,
Ne négligeons point les Amours;
Ils sont les auteurs de nos jours.
J'ai bien brûlé de l'encens à Cythere....
Lorsque j'en avais le moyen;
Mais ma Louise n'en fait rien.

ARMAND.

Vous faites bien.

GERMON.

Des brunes, j'étais amoureux.

ARMAND.

Les blondes me convenaient mieux.

*Ensemble.*

J'aimais les unes & les autres.

GERMON, *attendri.*

Quels ſouvenirs délicieux !

ARMAND, *de même.*

Les larmes m'en viennent aux yeux !

GERMON.

Vous me direz vos exploits.

ARMAND.

Vous les vôtres.

*Ensemble.*

Mais entre nous cet entretien :
Que nos enfans n'en ſachent rien !

## SCENE XI.

ARMAND, GERMON, *sur le devant de la scène.*

FÉLIX, *paroissant sur la montagne, & appercevant* GERMON *avec son Pere.* LOUISE, *arrivant un moment après lui.*

FÉLIX, *appellant.*

Louise !

ARMAND, *écoutant.*

J'entends la voix de mon fils.

GERMON.

Et ma fille ?

ARMAND.

Elle est avec lui.

GERMON, *regardant.*

Je ne l'apperçois pas.

ARMAND, *écoutant.*

Paix donc !

FÉLIX, *appellant.*

Louise !

ARMAND.

Il l'appelle.

LOUISE, *ſans être vue.*

Félix !

GERMON.

Elle répond !

LOUISE, *approchant ſans être vue.*

Félix . . ! . . . .

FÉLIX.

Accourez-donc !

LOUISE.

LOUISE, *arrivant eſſoufflée ſur la montagne.*

Avez-vous vu mon Pere ?

FÉLIX, *le lui montrant de loin.*

Le voici.

GERMON & ARMAND, *la voyant paraître.*

La voici !

*Germon, soutenu par Armand, court vers sa fille et trébuche à chaque pas.*

LOUISE, *ſe précipite vers ſon pere & tombe à pluſieurs repriſes.*

FÉLIX *la porte juſques dans ſes bras.*

ARMAND, *montrant ce tableau à Félix.*

Comme ils ſont heureux, mon ami !

FÉLIX, *dans les bras d'Armand.*

Eh ! ne le ſommes-nous pas auſſi ?

GERMON.

Que de bonheur à-la-fois ! je retrouve ma fille, & je contemple auprès d'elle ces lieux témoins des mes premiers combats.

ARMAND.

Camarade, il y a long-tems que vous avez combattu pour la première fois.

GERMON.

Il y a aujourd'hui trente-ſept ans.

ARMAND, *vivement.*

Trente-ſept ans ! ſerait-ce à la bataille Néfeld ?

GERMON.

J'y combattais à la place même où nous ſommes.

ARMAND.

Et moi à vingt pas d'ici.

GERMON.

Je vois encore l'ordre, le plan & la marche de la bataille.... Ecoutez ceci, mes enfans, & quand vous jouiſſez des douceurs de la Liberté, n'oubliez jamais que vous la devez au ſang de vos

Perës.... Les ennemis étaient campés ſur le penchant de cette colline : leur aîle gauche s'étendait le long de ces rochers.

ARMAND.

Juſtement : près de la vallée, s'avançait notre corps de bataille ; là, notre aîle droite ; ici le corps de réſerve.

GERMON, *vivement.*

Précifément . . . j'en étais ſergent.

ARMAND, *ôtant ſon chapeau.*

Sergent ! & moi caporal.

GERMON, *ôtant ſon chapeau & montrant les enfans.*

Caporal ! . . . Voilà des enfans de braves gens.

ARMAND.

Oui, braves ! Cependant le nombre nous accabla, & nous ſûmes contraints de plier au premier choc ; moi-même je tombai mourant.

GERMON.

Oui, mais le corps de réſerve étoit là.

ARMAND.

Il fut notre ſauveur.

GERMON, *avec feu.*

A qui le dites-vous !.... A la vue de nos

freres terrassés, la fureur nous transporte ; nous tombons comme la foudre ; tout cède, tout se disperse, tout s'anéantit devant nous ; mais les corps de nos ennemis amoncelés embarrassent nos pas, favorisent la retraite des fuyards, & la multitude des morts sauve le reste des vivants.

ARMAND, *transporté de joie.*

Je vois encore tout cela. Vous me rajeunissez de trente-sept ans !

GERMON, *se mettant en garde.*

J'en renversai quatorze à ma part.

ARMAND.

Quatorze !.... Et moi donc !.... si je n'eusse pas été blessé.

GERMON.

Mais je fis mieux encore.

ARMAND.

Mieux ! comment ?

GERMON.

Là, je sauvai la vie d'un compatriote.

ARMAND.

Jeune ?

GERMON.

De vingt ans.

ARMAND, *vivement.*

Et c'eſt là?....

GERMON.

Que j'étanchai le ſang qui ſortait de ſa poitrine, & qu'un peloton d'ennemis me ſurprit & me pourſuivit juſqu'aux montagnes.

ARMAN, *à part.*

C'eſt lui!

GERMON.

Je fus bleſſé.

ARMAND.

Bleſſé!....

GERMON.

Oui; mais en récompenſe, depuis ce tems, pour prix de mes exploits, j'ai l'honneur de porter une jambe de bois.

ARMAND, *ſe jettant dans ſes bras.*

Mon cher libérateur!

GERMON, FELIX, LOUISE.

Ciel!

ARMAND.

Ce jeune homme.... cette blessure mortelle...

GERMON.

Eh-bien !

ARMAND, *découvrant sa poitrine.*

Reconnaissez la cicatrice.

GERMON, *vivement.*

Oui, je la reconnais .... laissez-moi la considérer.... mes larmes m'empêchent de la voir. (*Ils s'embrassent*) Mon brave camarade!

FELIX.

Hélas! pourquoi faut-il que le salut de mon pere vous coûte si cher!

GERMON.

Mon ami, la vie d'un honnête homme ne coûte jamais ce qu'elle vaut.

ARMAND.

Mais cette infirmité....

GERMON.

Est pour moi une source de jouissances continuelles, puisque je ne puis faire un pas sans me rappeller que j'ai eu le bonheur de sauver mon concitoyen & mon ami.

ARMAND.

Oui, votre ami inséparable! Mon existence est à vous; je l'attache à la vôtre, & vous suivrai jusqu'à la mort. Hélas! pour la première fois, je regrette les dons de la fortune. Si le sort m'en eût favorisé, avec quelle joie je les eusse partagés!

GERMON.

Eh! mon ami, ne sommes-nous pas assez riches l'un & l'autre avec ces deux trésors?

*Il montre les enfans..*

ARMAND.

Il est vrai.

FÉLIX.

Eh-bien! pour doubler votre fortune, unissez vos richesses.

LOUISE, *à part.*

Ah!

ARMAND, *à part à Germon.*

Mais comment nous y prendre?

GERMON, *à part à Louise.*

Ma Louise, que me conseilles-tu?... Eh-bien! mon enfant, tu dis donc que?...

LOUISE.

J'imagine un moyen.

FÉLIX.

Quel est-il?

LOUISE.

Si nous pouvions élever notre cabanne à côté de la vôtre ?

ARMAND.

Nous formerions un treizième Canton.

GERMON.

*gaiment.*

Oui, nous en ferons les fondateurs. Pour vous, mes enfans, la suite vous regarde.

ARMAND.

En conséquence,

## VAUDEVILLE.

Mes chers enfans, unissez-vous,
Vous serez heureux, je l'espere.
La tendre fille est toujours bonne mere,
Le tendre fils est toujours bon époux.
De votre amitié conjugale
Naîtront de jeunes successeurs
Qui vous feront éprouver les douceurs
De la piété filiale. *bis.*

GERMON.

En hiver ainsi qu'au printems,
Le bonheur naît de la tendresse :
L'homme à vingt-ans adore sa maîtresse,
A soixante ans il chérit ses enfans.
Par les premiers feux qu'il exhale,
L'amour enivre notre cœur :
Sont-ils éteints, il fait notre bonheur
Par la piété filiale. *bis.*

LOUISE & FÉLIX.

Sous deux vénérables ormeaux
Qui les couvrent de leur feuillage,
Deux rejetons à-peu-près du même âge,
En s'élévant unissent leurs rameaux.
A la tendresse conjugale
Vous prêtez votre ombre aujourd'hui ;
Vous trouverez quelque jour un appui
Dans la piété filiale. *bis.*

LOUISE, *au Public*

De la Vertu, sans ornement
On doit toujours peindre l'image.

Ne cherchez point d'esprit dans cet ouvrage,
Il n'est dicté que par le sentiment.
Pour en pratiquer la morale,
Embrassez vos parens ce soir,
Et par amour remplissez le devoir
De la piété filiale. *bis.*

FIN.

A Paris, de l'Imprimerie des SOURDS-MUETS, rue du Petit-Musc, près l'Arsenal.

www.ingramcontent.com/pod-product-compliance
Ingram Content Group UK Ltd.
Pitfield, Milton Keynes, MK11 3LW, UK
UKHW020959220726
13924UKWH00002B/783